KB194206

고안나 시선집

기억의 방

도서출판 지식나무

시집을 내며

기억의 방

하루가 천년 같은
천년이 하루 같은
눈물의 시간

늘 그 자리
늘 그 시간
따뜻한 흔적으로 남아있는
우리들 초상

희미해질까 두려운 의식 찾아
나는, 날마다 미로 속에 산다.

2025년 봄날

목록

▶대전 투데이, www. daejeon today
▶고안나 시인의 〈詩냇물〉 매주 한편의 詩 연재
▶충청권 일간지 〈대전 투데이〉
▶2023년 1월부터 12월까지, 매주 목요일
▶2024년 1월부터 12월까지, 매주 수요일
▶2년 동안 연재한 총 91편의 詩
▶목차 8부로 정리하여 시선집 『기억의 방』을 완성하였다.

목차

1부 ·· 1

오대산 진고개에 와서 ······················ 2

대관령 옛길에서 ·························· 4

고드름 ······························· 6

북소리 ······························· 7

봄소식 ······························· 8

어떤 봄날 ····························· 9

진달래꽃 ····························· 11

냉이꽃 ······························ 12

봄비와 벗나무 ························· 13

2부 ································· 15

개나리의 항변 ··········· 16

벚꽃 연가 ·················· 17

이팝나무 ··················· 19

오월 속으로 들다 ········· 20

참꽃 보러 갔더니 ········· 21

낙동강이라는 이름의 완행열차 ······ 22

역류할 수 없는 길에서 ········· 23

찔레꽃 ····················· 24

새 ·························· 25

침목 ······················· 26

폭우 ······················· 27

안개 ······················· 29

3부 ·· 31

소낙비 ······························· 32

능소화에게 묻다 ·················· 33

우산을 받치고 ····················· 34

수평선 ······························· 35

파도 ································· 36

바람의 언덕에서 ················· 37

우도에서 ··························· 38

유달산에 올라 ··················· 40

애월에서 ··························· 42

살살이꽃 ··························· 44

갈대밭에서 ······················· 45

가을 속에서 ····················· 47

추억으로 가는 길 ··············· 48

4부 ·· 49

노을 ·································· 50

초승달 ································ 51

나무에게 배우다 ····················· 52

낙엽 이불 ···························· 53

벼가 고개를 숙일 때 ················· 54

바다, 그 쓸쓸한 존재 앞에서 ········ 56

포구에서 ···························· 58

술병 ································· 59

첫눈처럼 ···························· 60

겨울비 ······························ 61

한계령에 올라 ······················ 62

반쯤 터진 홍시 ······················ 63

5부 ···································· 65

　오녀산에 솟는 해 ·················· 66

　백두산 ····························· 67

　천지에서 ···························· 68

　장백폭포 ····························· 69

　두만강에서 ·························· 70

　매화 ································· 71

　봄비 오는 날 ······················ 72

　동백꽃 유감 ·························· 74

　눈은 내리고 ·························· 75

　묶인 배 ····························· 76

　나룻배 몰아가듯 ···················· 77

　후레지아 ····························· 78

　벚꽃 아래서 ·························· 79

6부 ·· 81

목련 연가 ··································· 82

사월, 어느 날 ··························· 84

바다를 읽다 ······························ 85

나무 아래서 ······························ 87

어머니 ·· 88

어둠속에 벨은 울리고 ············· 89

묘비명 ·· 90

보리밭 가는 길 ························· 92

저녁 강 ······································ 93

그릇 ··· 94

얼굴무늬 수막새 ······················ 95

7부 ·· 97

장마 ······································· 98

비 ·· 100

우산 ······································· 102

빗방울 ···································· 103

소나기 ···································· 104

압록강변 사람들 ······················ 105

비단길 ···································· 106

홍개호를 아시나요 ··················· 107

새소리 ···································· 108

귀뚜라미 울다 ························· 109

붉은 상사화 ···························· 110

바람을 읽다 ···························· 111

8부 ···································· **113**

죽부인 ························· 114

하회탈 ························· 115

가야금 ························· 116

빈 깡통 몸으로 울었다 ················ 118

생각을 다리다 ················· 120

가시 ························ 121

수평선에게 묻는다 ················· 122

눈발 ························ 123

잔설 ························ 124

발문 ···································· **125**

1부

오대산 진고개에 와서

말없이 몸으로 행동하라는 듯
흰 눈 펑펑 내린다
세상이 너무 소란스러워 입 봉한 채
흰 눈 소리 없이 쌓인다

적막과 고요 사이
발 없이 움직이는 부지런한 것들
상처는 덮고, 싸매고
응달진 곳은 더 두껍게, 쓸쓸하지 않게
나무 사이 헤집고 눈은 쌓여
더러는 나뭇가지에 앉아
영원을 꿈꾼다

떼 지어 행동하는 가벼운 몸들에게
조건 없이 정수리 내어준 백두대간
서러운 목숨들 바쁘게 점령 중이다

겁난다
푸른 잉크 쏟아 놓은
이런 하늘 본 적이 없다
가끔씩 보여주는 오대산의 마음인가
텅 빈 하늘에
무어라 쓸 말 찾지 못해
차마. 이곳에서는 거짓말은 못하겠다
속울음 삼키듯 소리 죽여 고백한다

대관령 옛길에서

바람의 날랜 손이 자꾸 모자를 낚아챈다

왕소금 같은 눈발이 퍼붓다 멎다
회오리치는 대관령
바람의 억센 손은 팽이 치듯
사정없이 풍차 내리친다
미친 듯이 허공에서 몸 비틀자
온 몸이 날개가 되어
팽팽 돌아간다
맞다 맞다 돌아야 풍차다

바람아
나도 쳐서 풍차처럼 돌게 하라
사정없이 돌다 멈추게 하라

우주 밖으로 내몰듯
바람은 한껏 목청 돋우고

지치도록 눈발은 아흔아홉 고개 울고 다닌다
저 울음소리
폭설과 뒹굴다
끝내 아무것도 가질 수 없는
서러워라, 너의 손바닥

인기척 사라진 옛길
헤매고 다니는 너의 발바닥 보다
내 발목 더 아픈 날
선자령 눈꽃이 겨울의 끝자락 잡고 있다

고드름

아찔한 순간,
매달린 채 한 자씩 늘리는 키
고추보다 매서운 날들
물구나무 선 채
나를 단련시켜 보란 듯
어떤 힘에 붙잡혀
거꾸로 매달려 내려다본 골목
내려가기도
올라오기도 힘든 길
멈춰 선 저 돌들이 외롭고
훌렁 벗어던진
나무의 알몸들이 외롭고
똑똑 떨어지는 눈물방울처럼
작아지는 내 몸이 외롭고
나를 지탱하는 슬레이트 지붕 왼쪽이 외롭다
창백한 저 달, 눈에서 사라지면
올려다보는 세상은 또 어떨까

북소리

어느 쪽으로 가야할지
얼마만큼 더 가야할지
풀어 놓은 목청
이 산 저 산 헤매다
고삐 풀린 망아지처럼 희미해지는 소리
급소를 건드릴 때마다
잊었던 기억 되살아나
채찍으로 엉덩짝 맞던 그날처럼
목이 터져라 질러대는 비명소리
두려움은 날개를 달고
이 언덕 저 언덕 기어오르다 추락하다
몸으로 풀어내는 한 박자
맞춰야 할 심장 어디에 두고
쉰 소리로 가는 길
풀어놓은 하늘 푹 젖었다

봄소식

우편함에 들어있는 봄을 꺼냈다
종달새 울음이 우표 대신 찍혀 있다
구례 산수유는 님 마중 한창이고
하동 홍매화 더욱 붉어졌고
섬진강 재첩국에 속 풀고 가라며
제대로 사는 즐거움 누려 보라 한다
서다 말다 해도 오는 봄
천리 밖 뒤로 하고 나선
집배원 오토바이 소리 귀 끌고 간다
실 눈 뜬 채 오소소 떨고 있는 낮달
더 풀릴 것 없는 심심한 강물
조심조심 넘어오던 고갯길
개나리 덤불 흔들리자 종소리 요란하다
아무 망설임 없이 옷고름 푸는 목련
왁자지껄 웃음보 터트리는 벚꽃
아! 환장할 봄날
나는 어디에도 없고
너는 애인처럼 속살거리고

어떤 봄날

가자니 천리
안 가자니 무정 천리
섬진강변 벚꽃, 아직은 피다 말다
무엇하러 봄꽃들은 대책 없이 피고 또 피어
이 마음 저 마음 걸고넘어지나
잡아당겨도 놓아도 짧은 봄
그것이 인생 같다 하여 기어이,
만나 볼 작정으로 나선 길
벚꽃은 아직 차례 이르고
광양 매화 이미 끝났고
화엄사 흑매는 한창 앓고 있는 중이라
발길 돌려 구례 반곡마을 들렀는데
하마, 끝난 잔치일까
맘 졸이며 길다 짧다 푸념하던 입들
붙들어도 달아나는 시간
오매, 비단금침 깔린 것 좀 보소
여기도 파장인 갑소

미안한 듯 얼굴 붉어진 석양
목련 목숨처럼 짧은 봄밤
이화우 흩날리던 매창은 어디로 갔나

진달래꽃

누구도 내 야성의 소리 듣지 못하리
나는, 아이의 살냄새처럼 향기롭고
여인의 옷자락처럼 나긋나긋하지
손에 쥔 시간은 짧아
하룻밤에 오리 또 오리
구불구불 산길 오르며
껴안은 팔 풀지 않는 산자락 점령 중
나는 쓰디쓴 맛 알지
얼굴 붉히지 않아도
내 앉은 자리는 온통 핏빛
그렇다고 몽상가는 아니지
그냥 한 아름 얼싸안고
아리랑 고개 잘도 넘고 싶은 바람이지

냉이꽃

나 모른다 하여
그대 부끄러운 것 아니네
내가 소리친들
그대에게 들리지 않고
이리저리 몸 비튼들
그대 눈길 머물지 않네
내 감정 늘 가난하고
나는 여전히 허약하지
남루한 가문의 피
눈썹 위에 선연한
쪽두리 쓴 박색한 여인
그대의 생각 내겐 아픈 상처
내 가슴 크고 넓어
별을 품고 살지
몰래한 사랑 탓에
몸 가눌 수 없을 때
내 꿈은 황망히 날아가 버릴지도 몰라

봄비와 벗나무

몸 부풀대로 부풀어
지탱하기 힘들 때
봄비가 온다

멀어져야 가까워지는
계절과 계절사이
꽃 피워야 한다며 봄비가 운다

몸속에서, 마음 밖에서 들리는
비의 가락에 가속도가 붙으면
나무의 표정은 겁에 질린 채
풀어야 할 공식들로 분주하다

어제는 백 마일
오늘은 오십 마일
폭동은 소리 없이 속에서 일고
내밀한 사랑은 은밀하여라

붕괴의 속도가 붙은 벚나무
오늘밤 무탈할까
봄비 우는 삼 월
나는 또, 왜 이리 분주한가

2부

개나리의 항변

낭떠러지가 아니야
그 끝이 우리의 정상(頂上)이지
비탈진 언덕 타고 내려오는 개나리 덤불,
한발 한발 무너질 때마다
닿지 않는 발 끝이 아리다

몸 푼 목련나무
종아리 힘주는 벚나무도
키 높이기에 한창이다
앞서거니 뒤서거니 궁시랑거리는 노란 덤불
젖지 않는 마음 앞에
수군대다 머리 조아리는데
생각을 바꾸라는 바람의 말씀
참 알쏭달쏭하다

벚꽃 연가

그렇지, 그건 웃음소리였어
웃음소리 외엔 아무것도 없었지
나 웃고 그 웃던
날아다니는 것들조차 자지러지던
보이는 소리가 이런 거라며
굳게 다문 입술들
이구동성 입 벌렸지
소리라는 소리 몽땅 허공으로 올랐지
그 소리에 하늘 까무러쳤지
윗길 아랫길 들썩거렸지
천근만근 소리 들어 올리는
보이지 않는 손
어느 팔의 힘인지 나 모르지
그 힘에 끌려 나도 갔었지
이 가지 저 가지 걸리던 웃음소리들

삼백육십오일, 웃고 있지
그 웃음소리 아래 꼼짝 못하고 잡혔지

웃음 한 짐 훔쳐온 줄 아무도 몰랐지
사연이야 어떻던
한 바지게 짊어진 채 내려놓지 않았지
꽃 웃고 나 웃고
꽃 지는 일 없고 소리 지는 일 없는
틀 속에 갇힌 세상

이팝나무

춤추던 맨발
몸을 벗던 허공에서
부질없이 떠도는 바람을 본다

팽창할 대로 부풀려
몸 비트는
저 환한,
알몸들의 유희

보이는 길 따라
내가 어디론가 흘러가듯
온몸으로 질러대던 나무의 탄성
마른 땅에 강물처럼 흐르고 있다

오월 속으로 들다

한반도 급습한 초록 홍수다
낙동강 물길도 메웠다
사방팔방 넘실거리는 힘을 피해
기차는 초록 속으로 파고든다
바람의 몸도
초록 속으로 숨었다
강물은 제 색을 벗어놓고 초록이다
비스듬히 누운 산들
얼룩덜룩 초록물들이기 한창이다
구름마저 물들고 싶어
산등성이 나뒹군다
졸다 입 벌린 기적소리
지구가 들썩인다
이팝꽃 웃음소리에
세상이 기웃둥거리는데
밀양역 들린 후
청도, 경산역을 지나
동대구역까지 따라온 초록빛 너울
나는 내리고,
무궁화호에 가득 실린 오월은 어디로 가시는지

참꽃 보러 갔더니

잊은 것이 아니다
하루는 봄비 탓에
또 하루는 뿌연 황사 탓에
차일피일 미루다 늦었을 뿐
마음이 없어서가 아니다

너 보고
하늘 보고
그 가운데 낯익은 얼굴 하나
살아서 뜨거운 가슴 열고
몇 번이나 더 안아 볼까
이제 가면 또 한 세월
지레 겁부터 난다

산굽이 굽이
뛰어다니던 기상은 다 어디로 갔는지
납작 숨어있는 얼굴들이 반갑고 서럽다
깨달기도 전 봄날은 가고
마냥 기다릴 줄 알았던 참꽃들 자리를 뜬다

21

낙동강이라는 이름의 완행열차

KTX 16호 11A 역방향 창 쪽에 앉아
제 속도 벗어나지 못한 낙동강을 본다
무궁화 비둘기 보다 느린 평화의 속도
한 짐 가득 우주를 운반 중이다
어느 때고 닿기만 하면 되는 종착역
이미 꽉 찬 객실
바쁜 일 없는 저들만의 일
청둥오리 몇 마리 흘리고 있다
아예 눈 감은 채 속도를 밀고 가는 낙동강
미처 승차하지 못한 낮달 태워 달라 안달이다
벼락 치듯 속도에 떠밀려
터널 속 빠져나오는 KTX
동대구역에 잠깐 쉬어가자 한다
내장 환히 다 들어낸
낙동강이라는 이름의 완행열차
어디쯤 굴러가고 있을까

역류할 수 없는 길에서

고집 속에 갇혔다가
몸 허물며 나선
길이 있다

웅덩이에 고인 물처럼
세월 앞에 덥석 주저앉은
앉은뱅이걸음, 지렁이처럼
땡볕에 말라가던 그 즈음
그늘 자리 만들어주던
갈대숲 기억마저 가물가물한
거기는 어디였던가
한번쯤 극적인 탈출을 꿈꾸었던

가고 또 가고
쉬지 않는 흐름으로
숨어있던 젖은 마음으로

물이랑을 평정하면서
바다로 가는 강물처럼
창문을 타고 내리는 빗물처럼,

찔레꽃

누가 풀어놓았는가
한 소절씩 풀릴 때마다
지구가 흔들
허공 쥐락펴락하는 소리 앞에
오월이 길을 내면
나는 그저, 한 방울의 눈물
오월과 유월 사이에서
오도 가도 못한 채
목에 핏대 세우며 흔들릴 뿐
풀어 질 때마다
얼쑤,
누구의 한이라 섧고
누구의 혼이라 애닯다
내 몸의 가시 또한 상처
이때쯤 도지다 사라지는
그 틈 사이
노을빛이 목 놓아 운다

새

눈 비벼도 보이지 않는 저 길
뒤돌아 본 순간
지우며 날아온 거리
희미하게 사라지고 있다
기를 쓰고 날아도
저 혼자 깊어지는 허공
먼 데로 떠나고 싶은
외길은 언제나 서툴다

살다가 마음 접는 일
풀잎처럼 자꾸 쓰러지는 일이네
날아 온 시간은 속으로 고여
휘어지고 있는데
놓아버린 것도 잃어버린 것도 아닌
아직도 멀리 있는 길
숨 쉰다는 이유 하나로
길은 환하다
 누가 끌고 왔던 길이 아님을 알았을 때
움츠렸던 날갯짓 뜨거운 피톨 한 방울

침목

한 며칠 누웠다
잠깐 빌려주는 등인 줄 알았다
따라 나설 땐
설레던 마음이었다
생각은 항시 비껴가고
굴비처럼 줄줄이 엮인 채
강제 동원될 줄 몰랐다
평생을 엮인 채
살아야 할 목숨
운명은 뒤 바뀔 수 없을까
새소리 물소리 바람소리
날마다 새로운 얼굴들
그냥 엎드린 채
등 만 빌려준 줄 알았던
긁힌 자국에 기록된 수난의 역사
기적소리에 금이 간 동해남부선
소리 없이 날은 저물고
새들은 나뭇가지에 둥지를 튼다

폭우

모르긴 해도 한 며칠 벼렸을
몸 부러뜨리는 함성
먼저 울고
먼저 휘어지고
파편 되어
먼저 허물어지고
뼈 없다 하여 오기까지 없을까
통 알 수 없는 그 마음
창밖으로 보낸 내 마음이 깨졌다
직립으로 내려선 순간
잘했다는 것인지 아니라는 것인지
약속은 언제나 어긋나고
분노는 폭발성 있어
옴팡지게 울분 터트려도
살 떨리는 설움일 뿐
말갛게 씻긴 오동나무 이파리
물방울 털어내며 몸 말린다
이유 없이 흠씬 두들겨 맞은 잡풀들

새침하게 고개 쳐들자
허물어진 몸들
줄행랑치는 소리 요란한데
풀잎 끝 매달린 저 것은 어쩔꼬
거미줄에 매달린 저 것은 또 어쩔꼬

안개

볼 것 못 볼 것 심사 뒤틀릴 때
홀연히 다가와 침묵 중이다
냄비처럼 달구어진 세상
한 번쯤, 잠잠하라 타이르신다

취한 듯 비틀거리는 풍경
뼈 없는 말씀 앞에 부동자세다

바둥거릴수록 통째
꽁꽁 묶어버린 큰 손
스스로 풀 수 없는 오랏줄

허공을 가득 채운 소리
한 세상 엎어버리고 싶어
곡(哭)이라도 하고 싶은 것일까

3부

소낙비

그래, 울어 봐라
왁자지껄 떠들어 봐라
잠 못 드는 맨드라미 목 비틀어 봐라
응고된 말의 뜻 왕창 풀어 봐라
요란스럽게 돌아다니는 내 혀를 본다
못다 부른 노래들까지
함께 출렁인다
젖은 채로 살 것 같았던 젖은 마음이 전부였을 때
튕기는 물방울이 전부였을 때
나는 움직임이었다
여기저기 몽땅 눈물이었다
밤새 울고 또 울었다
골목길 지나가는 고양이도 함께 울었다
유리창에 매달려 안간힘 써 보았지만
결국엔 실패였다
낙오자는 내가 아닌
몽땅 퍼질러 놓고 가는 세월이었다

능소화에게 묻다

담장 밖으로 내보낸 입들
몸을 대신한 아슬아슬한 마음이라면
무슨 말로 心中 대변할 수 있을까
곡예사처럼 휘청
구중궁궐 뛰어넘는 외줄타기
밤새 불어 제친 나팔
사방팔방 뛰어다니는 말(言)들
불안정한 목청 다듬어
어디로 보내고 싶은 걸까
알 수 없는 힘이 밀어붙인 침묵의 소리
닫힌 귀 열릴 때까지
도톰한 입술 쉴 새 없이 벌어지는 골목길
저 수만은 입들 빌려
하소연하고 싶은 마음 하나
아는 듯 모르는 듯
느닷없이 밟고 지나가는 빗줄기

우산을 받치고

이런 날이면
구석에 접혀 있던 지붕들
와르르 거리로 내 몰린다
스스로 집이 되고 싶었던
움츠린 생각 펼치면
손바닥 위 순식간 세워지는 집 한 채
망치 소리 없이 서너 채씩
소유할 수 있는 꿈의 궁전
간혹 포개지는 어깨와 어깨
사방 뚫린 지붕 아래 젖기도 하지만
입 벌린 하늘의 말씀
그저 듣기만 해도 좋아라
무지개 마을 물 위 떠다니고
날개 달린 지붕들
새떼처럼 날아간다
뿌리 없는 꽃들 피고 진다
나, 노란 국화꽃 한 송이 피워 볼까
걸어 다니는 지붕 아래
흠씬 젖어도 좋은 이런 날

수평선

서로의 사이에는 물결치는 소리가 있지
분명한 것은 영원히 취할 수 있는 것과 없는 것
문득, 깊은 생각에 잠길 때 고요히 물 위에 떠 있지
아니, 수억만 톤 허공 받치고 있지

당신들이 보고 있는 것은 허상
나는 분명 있고 없음이지
멀리 떨어져 있어도
당신 눈동자 속에 갇히지

가까이 오면 더 멀리 달아나는 이 완전한 분리
말로 표현하기 어려운 것은 해답이 없지
해협 건너오는 배들
열고 들어오는 문이지

때로는 가슴 찢어지는 통증이 있지
가서는 오지 않는 마음이 있지
걷잡을 수 없는 그 사이,
스스로 존재하는 그 푸른 눈빛

파도

꽃이 되고 싶은 한순간
열 번 스무 번
순간, 피었다
부서지는 꽃
떨어지는 꽃잎들

얼마큼 애간장 태우면
허연 소금꽃 피건만

이번만큼은
보란 듯
달려오는 저것은,

바람의 언덕에서

그만큼만
딱 그만큼만 웃어라
더도 덜도 아닌
날지 못하는 날개 서럽지 않을 만큼만
애써 웃어라
내 마음 같은 네 마음
울음도 웃음같이 활짝 피겠다

알타이 산맥 넘어 왔을까
때로는 파편이었다가
통증이었다가
몽골 초원 평정한 느긋함으로
대면하는구나

바람의 언덕에서
두 손으로 너를 만져 본다
가슴으로 안아 본다
바람의 이랑에 겨울새 몇 마리 난다

우도에서

섬에서 섬을 본다

꿈꾸듯 잠에 취한 성산 일출봉
물미역처럼 살랑거리는 파도소리
비취색 바다에 자맥질하면
마음 젖은 한 마리 물새다
퇴색해 가는 시간의 색(色)
헝클어진 생각들
바람에 끌려 우도봉에 서면
노을 젖던 수평선은 어느 쪽이던가

큰 섬의 속살 같은 작은 섬
물색 짙은 여기
세 들어 산다면
어쩌다 그대 한 번씩 찾아와 준다면
파도치는 날에도 웃음꽃 필까
활짝 핀 마음으로
등 돌리며 멀어진 것들 살며시 당겨 본다

스스로 섬이 되는 나이
멀리 있는 것은 무엇일까
비가 온다
혼자가 아닌 여럿이 모여 온다

▶대전 투데이 詩냇물 2023년 8월 23일 게재

유달산에 올라

산은 온종일 바다를 꿈꾼다

시간이 응축된 산 위에서
기억을 지우고
흔적을 지우고
가슴에 응어리마저 지운
여리고 선한 풍경들
여기에 그늘은 없다

흔들지 마라
깨우지 마라
느리게 몸 바꾸는 물살에 실려
마음 바꾸고 살까
가슴은 넓고 생각은 깊어
하늘을 품고 물 위에 오롯이 앉은
내가 바로 산이다

오! 부드러운 곡선의 푸른 벽
다툼 소리 없이 입 꼭 다문 물소리
어느 누가 목포의 눈물이라 했나
고립되지도 쓸쓸하지도 않는
푸른 벽에 익숙한 목포는 항구다

애월에서

그리움의 빛깔이다

애월의 바다는 풀냄새가 난다
누군가 쉴 새 없이 밀어 보내는
녹색의 잠언들
누가 난해하다 했던가
물가에 앉아 푹 젖어 살자
달의 입장이고 보면 새삼스러울 것도 없다

물에 빠진 달이 되거나
물가에 쪼그리고 앉아
마음을 긁어 본 사람은 안다
내가 먼저 푹 빠져
심장 깊숙이 한 문장 새기다 보면
덩달아 초승달도 파도소리에
흠칫 놀라며
바다 속으로 긴긴 연서를 띄울까
침묵의 소리까지 깨우고 싶어서
내 발목이 젖는다

어두움이 채 오기도 전에
애월이다
가슴 한 쪽이 아릿한
에메랄드 빛 그리움이다

살살이꽃

구월과 시월 그 어느 날
향수에 젖어 다시 찾는 이름입니다
사랑과 이별 사이에 있습니다

바람이 무거워지는 시간
곡선의 선율이 아름답습니다
무반주로 오는
가을의 시간은 괜히 가슴이 짠합니다
기다림 끝에 목이 휘어집니다

2시에서 3시 사이
지상으로 뛰어내린 별들을 만납니다
나도 별이 됩니다
어젯밤, 몽골 밤하늘 어디쯤 향연을 막 끝낸
뭇별들이 달려와 꽃이 되었나 봅니다
잠들지 않는 별들입니다
깨어있는 꽃들입니다
걸어서 당도할 수 없는 추억 속으로 다시 길을 냅니다
저 작은 입들의 탄성에 분홍 꽃물이 듭니다
황혼 무렵까지는 아직 몇 시간 전입니다

갈대밭에서

해질녘 슬프게 우는 것이 너뿐일까
움켜쥔 손을 푸는
너의 몸짓을 노래라고 하자
바람처럼 날고 싶어
날개를 펴는 갈대를 본다
맨 몸으로
바람 앞에 쓰러진다
기울어진다
이것이 마지막 너의 몸짓이라면
가을은 나에게
사랑을 배우라고 한다
혼돈의 시간
세상이라는 늪에 빠져 어쩔 줄 모르는
웅크린 날개 앞에서
바람도 한 번씩 제 만큼의 무게에 넘어진다

한 사나흘 흔들리다 보면
제대로 된 삶의 방식 하나 터득할까

바람이 불지 않았다면 내가 나를 잊고 살듯
너 또한 노래하지 않았으리
빈손들의 함성에 새들은 날아가고
노을빛 하늘이 따뜻하다

가을 속에서

속절없이 파고드는 바람소리에
문득, 꽃인가 하니
이미 꽃이 아닌 세월 속의 바람꽃이다
언제 꽃이었던가
휘청거리며 기를 쓰고 일어날 때가 언제였던가

머리칼 위로 지나가는 햇빛과 바람의 길
그 길 따라 연민의 눈길 보낸 적 있었다
절정의 순간도 아는 듯 모르는 듯
한세상 그렇게 잊고 살았다

가을빛 아스라이 멀어지는 허공 속으로
코스모스가 길을 열면
가을 속에서
버려야할 것은 또 무엇이던가
내 몸을 찌르던 가시와
심장에 박힌 못
내 혈관을 옭아매던 것들이
낱낱의 꽃잎이며 향기였던 것을

침묵을 깬 가을은 참 빠르다
아! 추스른다고 하여 다시 한번 꽃 필 수 있을까

추억으로 가는 길

말 없어 걷는 이 길도
노을 앞에 설 때면
그리운 이름 하나 가슴에 남겠지
지는 해는 냉정하게 공산을 돌아서고
어둠은 한티재에 걸렸다

왔던 길 돌아가라 재촉하는 바람아
꼭 잡은 손 놓고 싶지 않구나

떡갈나무 상수리나무 곱게 물든 단풍나무
팔공산 단풍 길은 추억에 젖는 길
누구나 한 번쯤 그리움이 되어
사랑한다 사랑한다 가슴이 젖는 길

추억으로 가는 길은 마음속에 있는 길
추억으로 가는 길은 혼자서 가는 길

4부

노을

마음 밖
몸 빠져나온 생각이지
잠자리 들기 전 쓰는
그림일기

먼 벌판 서성이며
머뭇머뭇
모든 것 비우는 시간
잠시, 하늘은 무릉도원
복사꽃 만발하지

내 사랑, 몇 발자국 더
비껴갈 때

몸 바꾸는
노루 한 마리

초승달

마시다 만 술잔 잊힐 만하면
그 입술 지울 만하면
너는 내 눈높이까지
하늘의 사닥다리 타고 내려와
못 다 비운 술잔 찰랑거린다
그 때, 가득 찬 술잔만 있었지
넘실넘실 차오르던 이야기만 담겼지
어두움은 배경일 뿐
술 반, 어둠 반
무시로 불던 바람에
기우뚱거렸다 다시 일어설 때
와락 쏟아질까 가슴 조리던 때
잊힐 만하면
다시, 그 자리
이젠 나 돌아서서 걸을까?

나무에게 배우다

몸 가벼워지는 시간
나무가 운다
큰소리 내며 운다
몸통 칭칭 감는 바람 드센 날
엎드렸다 일어서는 나무
보이지 않는 눈물
때를 알고 움직이는
나무의 법칙
눈앞에서 가르친다
굽히는 법과 휘어지는 법
언제 그랬느냐는 듯 일어서는 법과
궁굴렸다 느슨하게 펼치는 법
가지와 가지끼리 비비는 법과
바람의 길 따라가는 이파리
멀리 보냈다가 다시,
제 자리로 데리고 오는 법
사나흘 흔들려도 중심은
틀어지지 않는다며
온몸으로 가르치는 나무
마지막 가을빛, 힘껏 끌어당긴다

낙엽 이불

훌렁 벗고 선 은행나무
수북하게 벗어던진 이파리 쓸다가
달아나는 그들 쫓아가다가

바람 불 때마다
술렁거리는 낙엽들
서너 바퀴 휙 돌다
다시 나무 밑으로 와
몸 사린다

허공 찌르는 기개 뽐내지만
벗은 몸 시린 나무
아무 생각 없는 척
굽이치는 어둠 속
회한이 깊다

가볍게 몸 굴리던 낙엽들
제 뿌리나 덮어주자며 낙엽 이불 만드는 중
바람아, 제발 들썩이지 마라

▶대전 투데이 詩냇물 2023년 11월 9일 게재

벼가 고개를 숙일 때

이제는 가만히 고개를 숙이는 경건의 시간
정해진 운명 앞에 단정하게 엎드립니다
발꿈치 세웠던 날 선 시간들은
우리 젊은 날의 패기와 집념이었습니다

허리를 구부리는 것이
꼿꼿이 목을 조았던 힘을
느슨하게 풀어 버리는 것이
낮아지거니 결코 작아지는 것이 아닙니다

새삼 발끝이 보이고
함께 껴안고 뒹굴었던 흔적들이 풍성한
황금빛 들녘입니다
바람결에 자주 흔들립니다
그리하여, 더 자주 엎드립니다
결산을 위한 마지막 순종입니다

대지의 품에 안겨 알알이 영글던 꿈을
총결산하자는 것입니다
내 섰던 자리에서 함께 고개 숙인 자들의
겸손을 만납니다

나락들의 노랫소리를 들으며
이제는 그만 몸 풀 시간
햇빛과 바람과 비와
당신들이 이루어낸 위대한 걸작품입니다

바다, 그 쓸쓸한 존재 앞에서

다 비워지더라
빈틈없이 채웠던 욕망의 잔재들
정해진 시간 앞에 내 것은 하나도 없더라

내려앉은 하늘과 먼 수평선, 흐느적거리는 안개
개펄 위 모래알갱이 속에 작은 흔적 하나 꿈틀대더라
철철 넘치도록 채웠던 땀방울
썰물이 비워내 듯 억새풀잎처럼 말라가는 것을

달라질 것 없는 우리들의 삶
채웠다 비웠다 두레박 같은 것
해질녘 빈 개펄처럼 비워지는 것을

돌아서 우는 파도소리
안타까운 파도의 뒷모습
누군가 내 등 뒤에서 나처럼
파도의 뒷모습 보고 있는 것일까
가서 오지 않는다 해도

다시 온다해도
서러울 것도 새삼스러울 것도 없는 파도의 뒷모습

그렇다
새삼 그리울 것도 그립지 않을 것도 없는
바다, 그 쓸쓸한 존재 앞에서

포구에서

묶인 배와 묶이지 않은 배가
서로 열심히 바라본다
마음의 팔은 분명 저만큼 뻗어 몸을 묶고 싶지만
무정타 생각 바뀐 포구여
박탈당한 자유와 완전한 자유가 공존하는
그 사이에 개펄이다
미처 물과 묶지 못한 불찰이다
습관은 정신을 묶었다
목 사슬 묶인 채, 말 잘 듣는 아이처럼
안일한 행동을 묶었다
고삐 묶인 소, 맞다
이랴 그러다 말뚝에 묶인 채
꼼짝 않고 하염없이 시간의 풀만 뜯는다
자꾸 돌아봐도 엄연히 갈 수 없는 풀밭이여

시(詩)에 연루되어 혐의에 묶인 지 오래다
사랑보다 더 질긴 너를 풀까 말까

술병

대문 앞 쓸다가
모로 누워있는 소주병 하나 주웠다
쓰레기 더미에 몸 숨긴 채
억지 잠이라도 청한 것일까
제 몸 가둘 곳조차
스스로 선택할 수 없는 그는
분명 쓰레기 봉지 이탈했거나
제 속 훔쳐간 누군가에 의해
버림받은 것이다
한번쯤, 어느 심장에 강하게 박혔을
그러다 헐렁해진 마음에서 뽑혔을
생각은 깊고 가슴은 뜨겁다
홀로 설 수 없는 땅바닥에서
노숙자처럼 달빛 포개고 있다
알 수 없는 당신의 행방
빈껍데기의 설움 아는가
제 갈 길 찾지 못한 술병 하나
중얼거리는 소리 알듯 말듯하다

첫눈처럼

포갤 수 없으면 스며버리자
스며버릴 수 없으면 그냥 녹아버리자
처음부터 없었던 눈 쌓인 길을 걸으며
있고 없고 에 대하여
다른 두 개가 완벽한 하나가 되어가는
과정을 목격 중이다
눈앞에서 벌어지는 현상과 본질을
누구는 내린다고 했다
나는 덮는다고 쓴다
지워진다는 말이 실감난다
무채색으로
수묵화의 흑백 얼굴로
본질과 현상이
두 개였다가 한 개였다가
골과 골 사이 소복이 담긴 현상도
스미는 중
아니, 본래의 하나로 돌아가는 중
사랑도 그러하듯이

겨울비

작정한 듯 세운 예리한 날
허공 가르며 달려와
나무의 침묵 앞에 항쟁합니다
부러지는 칼날
젖은 가지 태연합니다
조각난 칼들의 파편만 질펀합니다
가지에 닿는 순간 오금 저린 탓일까요
무수한 칼날
사냥감 찾는 하이에나처럼
허공 장악합니다
올 때는 모릅니다
와 봐야 압니다
막다른 세상
처음부터 살의는 없었습니다
벗은 나무 꿈쩍도 않고
찍어대는 칼날만 자꾸 부러집니다
참, 부끄럽습니다
쳐다보는 눈길 어찌합니까
베란다 창 안으로 비수 하나
깊숙히 내리꽂습니다

한계령에 올라

가벼웠던 목숨들 머물다 간 자리
간밤 긴 사연 말하지 않아도 알겠다

흰 눈 풀어지고
지웠던 풍경들 살아나고
갇혔던 마음 슬슬 풀어지는 날
미처 풀지 못한 생각들이 한계령으로 올라온다
한계라는 끝을 찾아 담판이라도 짓자는 것인가

까마귀가 허공을 찢으며 침묵을 깨는
미시령 옛길을 지나 한계령에 오면
여기가 끝인가?
누군가 간절히 갇히고 싶다던 한계령

그렇다면 봄은 오지 마라
영원히 갇히고 싶은 그들을 위하여
그들의 황홀한 고립을 위하여
한계령에는 봄이 오지 말아라

반쯤 터진 홍시

내가 아닌 듯
일그러진 상처 앞에
구겨진 자존심을 본다
가지 장악한 채
점점 꽃이 되어가던
살집 좋은 몸통으로
햇살에 놀고 노을 감았던
그 몸, 가지 이탈할 때
먼 산 떼 까치 목청 요란했다
뿔뿔이 흩어진 나무의 자식들
수런거리던 이파리 어디로 갔을까
밀고 당기던 가지 위의 시간
발화를 꿈꾸며
내가 나다와 지던
일그러진 영웅 앞에
계절이 목 움츠리며 지나간다

5부

오녀산에 솟는 해

오녀산정 뚫고 오르는 아침해 속에
세발까마귀 날갯짓하며
푸들푸들 날아오른다

고구려의 심장 오녀산
비류수강이 굽어보이고
먼 산맥들 일제히 환호성이다
바람도 쉬 오르지 못하는 병풍절벽
허리 굽은 노송은
주몽의 사람들 기억이라도 할까

웅대하게 펼쳤던 민족의 혼
광활한 만주벌판 달리던
말발굽 소리 아득하여라
천지 속에 고여 있는
고구려인들의 넉넉한 웃음소리
힘차게 건져 올리는 아침
우뚝 솟아라 해야!

*오녀산 : 주몽이 대고구려를 건국한 만주 땅, 환인현의
  고구려 제1도읍지

백두산

자는 듯 죽은 듯
태연하게 누워
한 세상 꿈이라도 꾸시는가

낮달 하나, 난파선처럼
떠다니는 하늘 바다 위
구름송이 따로 또 같이
몰려다니는데
정녕, 들을 말 없는 듯

입 닫고 귀 닫은 채 천 년
꿈틀거릴 때 마다
속울음으로 만 년

가면 돌아오지 않는 사람
그 뒤의 일은
아무도 모른 채
갇힌 세월 속에 애간장만 녹이십니까

천지에서

아무도 몰래
청잣빛 하늘 한 귀퉁이
이름 없는 구름 한 조각 떼어내어
다듬지 못한 빈 잔 채웠습니다

감히 넘볼 수 없는
가장 위대한 자리 天地間
눈 시린 햇살
길 잃은 시간들, 그들이
내 잔을 채웁니다

주인 알 수 없듯
형체도 알 수 없는 서러운 바람소리
심장에 박히는 은장도
그런 밤이면
눈썹달 마주보며 취합니다

뒤흔들고 싶은 함성
웅크린 채 찰랑찰랑
건배 제의 기다리는
나는 한 잔 술입니다

장백폭포

쩌렁쩌렁
천지 뒤흔드는 소리
직립으로 일어서서
풍경을 찢는다
시퍼렇게 질린 나무들
오금 저린 바람 오도 가도 못한 채
부동자세다

귀 열어 놓은 하늘
마음 닦은 돌멩이들
거침없이 쏟아놓는
훈계의 말씀
숨죽이고 듣고 있다

울음이 울음을 키운
소리로 천 년
따끔하게 경(憼)을 치신다
백두대간 찰지게 꾸짖으신다

두만강에서

구겨진 표정 수습하지 못하는 강 앞에서
반가워 어쩔 줄 몰라 목소리 흘려보지만
제풀에 놀란 물결만 뒷모습 보이며
앞서거니 뒤서거니 피하는 것 본다
내 속에서 깨지는 물무늬
저들은 어디서 어디로 바삐 가는가
가서 돌아오지 않겠다며 울먹이는 강
한세상 얼룩진 기억이 있다
강의 물살보다 더 빠른 시간의 살
흐르다 엉켜버린 몸 맞댄 채
갈대숲처럼 잉잉 소리치고 싶은 날
마음 닿는 포구에서
물이랑 구비치는 소리내고 싶다
구르며 더 좋은 세상으로 가는 물결
그가 꿈꾸는 사랑 어느 해 아래 있는가

매화

누가 걸쳐 놓았을까
가지 끝에 뚝뚝 흐르는 봄
나비떼처럼
날아오르는 살냄새
취한 듯 비틀거리는 바람
은근슬쩍 한 쪽 팔 밀어 넣자
이리저리 몸 비트는 꽃잎들
어쩔거나
너마저도 어긋난 사랑인 것을
서러운 봄날
잔기침 소리에도
후드득 떨어지는 꽃잎들
앓는 소리 요란하다

봄비 오는 날

비 오는 날 그 자리엔
막 구겨진 종이처럼 너가 서 있다

너 섰던 그 자리 콜록거리며
지나가는 바람 한 소절
바람이 훑고 간 텅 빈 자리
아직 겨울나무로 떨고 서 있는
너의 그림자

비에 씻기는 얼굴이 차갑게 느껴지는 밤
비라는 이름을 가진 낱낱의 몸짓들은
무너져 내리는 천 개의 얼굴이던가

목울대가 뻐근하도록 서럽다
괜찮아 그렇게 사는 거야
살다보니 그러네
낯익은 너의 목소리
심장은 해일처럼 길길이 날뛰고
오늘밤, 비는 내 품 속에서 울었다

너를 만나고 싶어서 비는 내리고
그 자리엔 흐트러진 얼굴 하나
사무치게 나를 바라보고 있다

동백꽃 유감

벌린 입 미처 다물지 못한 채
한세상 마감하는 꽃송이
그 중 유독 붉고 작은 입술 하나
무어라 할 말 있다는 듯
내 발길 붙잡는다
허리를 굽히라
더 낮추라
그래야 들을 수 있는 저들의 소리
살만한 세상
아주 잠깐 한 몸의 지체였던
순간들이 절정이었다
나지막이 속삭인다
그 사랑스러운 입
그 고백 외면하지 못해서
차에 동승했다

누나야! 우리한테는 쓰레기다
오호 통제라
이 일을 우짜면 좋노
내밀한 마음의 소리 아무나 듣나

눈은 내리고

나 네 발가진 짐승 되어
흰 눈 뒹군 설원에 함께 뒹굴고 싶다
눈빛 맑은 사슴이나
노루새끼라면 풍경 또한 얼마나 순할까
잿빛 하늘이 감싸 안으니 얼마나 포근할까
남겨져도 지워져도 좋을 발자국
몇 개쯤 흔적으로 남아도 좋겠다
모든 것 지워진 세상
처음부터 아무것도 없었다면
너무 심심할까
야성에 길들여진 들개라도 불러
맨발끼리 놀아 볼까
만나처럼 내리는 눈발이나 받아먹으며
주머니 없는 것들끼리 나누며 살아 볼까
그러다 지치면 흰 눈 가 버리듯
그것이 한평생이듯
차창 밖 눈은 풀풀 내리고
생각은 자꾸 머물고
기차는 한평생을 겨우 벗어나는 중이다

묶인 배

저 힘에 잡혀
설마 하는
저 작은 힘에 붙잡혀
몸 어루만지는 물결에
한바탕 뒹굴고 싶은데
그 물결 데리고
끝없는 유랑하고 싶은데
자유 박탈한 저 힘을 어쩔꼬
나 놓아다오
결박 풀어다오
배 밀기는 나의 힘
감각은 살아
지구 밖으로 갈 것이다
갇힌 생각이 알지 못했던
그대 먼 하늘로

나룻배 몰아가듯

비틀어진 잔가지
툭툭 틀며 일어서는
제법 튼실해진 벚나무
어깨 척척 걸친 채
가지 열고 나오는 새순들
거기에도 길은 있어
제 자리 찾기에 바쁜 봄날
한바탕 바람이 소리 지르자
맨 처음 하는 몸짓인양
설렘에 떨고 있다
물결이 나룻배 몰아가듯
사는 날 동안 흔들려야 산다는
통제할 수 없는 본능
새초롬한 얼굴 내밀며
피돌기 하는 가지 사이로
담장 너머 하동댁 맏딸
졸업하고 이년 만에 취직되었다며
열어놓은 창문 틈으로 목소리 출렁거린다

후레지아

그런 기쁨이 있었네
그것은 보이지 않는 속내
감출 수 없는 살가운 속삭임
안으로 보듬는 따뜻한 미소
서로가 느끼는 소통 같은 것

초록이 밀어내는 내면의 소리
왠지 눈물이 난다
후레지아 노란 꽃망울
생의 열망 같은 것,
내게로 온 뜨거운 가슴이
지금 막 눈뜨려한다

꽃망울 파르르 떨릴 때
하늘의 새소리 묻어나고
나는 눈이 부셔
그 속내 다 들여다 볼 수 없네

벚꽃 아래서

햇살 받치고 서 있는 벚나무
제 모습에 취한 꽃잎들
가로등 밑 왁자지껄 모여든 나비 떼처럼
팔딱거리는 연한 날갯짓
견딜 수 없다며
꽁무니바람보다 더 흔든다

휘청거릴 때마다 온몸 흔들어 주는 벚나무
갈 길 알아버린 꽃잎들

뛰어내리다 넘어지고 뛰어내리다 넘어지고
낙화암 뛰어들던 삼천궁녀 몸짓 저랬을까
제대로 피워내지 못한 꿈
벚나무 아래 후드득 떨어질 때
발걸음 세워놓고 조문하듯 바라보는 사람들

취한 듯 취한 듯
부는 바람 쪽으로 등 돌리는 꽃잎들

6부

▶대전 투데이 詩냇물 2024년 4월 3일 게재

목련 연가

병상에 앉아 거울 보시던 울 엄마
딸 온다며 붉은 연지 꺼내어
입술 바르시고 목련꽃처럼 환하게 앉아
창 밖 바람을 불러들였다

올 때가 됐는데
차가 많이 밀리는 갑다
벌써 저녁때가 다 됐네
혼자서 묻고 답하고
그러다 슬며시 돌아 누우셨다

이 핑계 저 핑계
며칠 만에 찾아가면
반가워서 울다가 섭섭해서 울다가
목련꽃 지듯 봄날은 가고

곱게 해라, 다 때가 있는 기다
마사지도 하고 파마도 해라

늙어 봐라 암만 해도 고운태가 않나
목련꽃도 한 때야

가고 없는 사랑을 부여잡고 엄마엄마
이제는 들을 수 없는 그윽한 그 목소리
보이지 않는 얼굴은 어디서 필까

사월, 어느 날

늙은 목련나무 밑에 앉아
겹겹이 포개 입은 꽃 속으로 들어간다

아는지 모르는지
세상을 들어 올리는 목련꽃
힘에 부친 탓일까
손에 들었던 치맛자락 휘청
달갑지 않은 황사 탓에 얼룩진 꽃잎들
너덜너덜 찢어진 치마처럼 벗고 있다
차마, 어찌할 수 없는 일
거무죽죽한 살갗들, 땅바닥 뒹굴다
여기저기 버려진 몸들

오! 눈부신 때도 잠깐
봄날도 순간
병상에 누워 빤히 올려다보시던
팔순 엄마도 그랬다
서둘러 발길 돌리는 길목
애 터지게 봄비가 울어 쌓는다

바다를 읽다

아버지와 딸이 바다를 보고 있다
잠 깬 바다는 갓잡아 올린
고등어 떼처럼 싱싱하다
구순 아버지는 바다 속을 읽고
딸은 *북항대교 난간에 매달렸다
수평선 이리저리 끌고 다니는 배들
베란다 창을 밟고 가는 갈매기가
힐끔 돌아보며 눈 맞춘다
봐라 이 얼마나 좋누
바다가 살아있어
배가 뜨고 새가 날고
허, 참! 뱃고동 소리도 살았구나
야! 참 좋다
시(詩)도 생명이 빠지면 파이야
죽어 천 년은 산 하루보다 못하지
명 떨어지면 그만이야
잠잠하던 바다가 고등어 떼처럼 들썩거린다
다 읽지 못한 바다

눈길 떼지 못하시는 아버지
사연도 모른 채
밑줄 한 줄 진하게 그으며
부산항으로 진입하는 *설봉호
난간에 매달린 나는 어쩔 줄 모르고

*북항대교 : 부산 영도에서 남구를 잇는 북항대교
*설봉호 : 부산에서 제주 운항하는 여객선

나무 아래서

낮이라면 몸 덮어줄 만한
그늘쯤은 넉넉히 품었으리라
바람이 졸다간 밤의 적막 아래
낡은 의자와 식탁이 다도해 섬처럼
올망졸망 앉았다
식탁에는 이밥이 고봉밥으로 차려졌다
빈 의자엔 달빛 가족이 마주 보고 앉아
바람의 손으로 늦은 저녁을 먹는다
나뭇잎 몇 개 손님처럼 얹혔다
식탁위에 차려진 가난한 만찬
시무룩한 식탁과 의자
섬겼던 주인 야속하기만 하다
이유도 모른 채
밖으로 내몰려 밤이슬에 젖다니
누군가의 입질에
회사 그만뒀다는 옆집 은혜 아빠
한숨소리 식탁 위에 포개졌다
별들도 안타깝다는 듯 눈 깜빡인다

어머니

말라버린 도랑처럼
물길 선명한 얼굴
웃음인지 울음인지
얼룩덜룩 들뜬 화장처럼
굽이치던 노동의 흔적들
함부로 읽어 낼 수 없는 눈빛
깊고 푸른 우물의 중심 같다

팔딱팔딱 뛰는 소리마저
몽땅 비워낸 가슴
일생 다 태운 불씨마냥
그 끝 알까
조율할 때 놓쳐버린 악기처럼
나눠가진 血 부르는 소리
아직도 말라빠진 젖줄 물리고 싶은지
민들레 홀씨 털어내는 순간처럼 환하다

어둠 속에 벨은 울리고

잠들지 못한 소리가
잠들지 않은 시간을 깨운다
어둠은 안중에도 없다는 듯
구순의 몸 벗어 놓은 채
귀를 찾아온 정정한 목소리
시간을 밀쳐놓고 엉키는 말과 말들

해질녘 시문학에 입문한 딸
그 숱한 시인들 재다 파 묵고 간 땅
밤새도록 파 엎는다고 잠도 못 자제
이미 다 파 묵고 씨알도 없을 낀데

빈 땅엔 암만 파 봐야 헛기야
이왕 파 뒤 볐으니 물줄기 하나쯤
터져야 되지 않겠나
구순의 아버지, 보고 듣지 않아도
술술 풀어놓는 시(詩) 한 수
어딘가 있을 詩의 물꼬 틔우는 밤
쩍쩍 갈라 터진 마음밭 슬슬 허물어진다

묘비명

묻어야 할 때 놓쳐버린
누런 봉투 속에 졸고 있는 씨앗들
세상 모르고 살아서 참 미안타
발 없는 저것들
아직 바깥 구경 못했다
꿈꾸는 듯, 단단한 생각에 사로잡혀
가는 세월 알까마는
소통 되지 않는 누런 봉투 속에서
얼마나 옹알거렸을까
묻어주지 않으면
저 속에서 뿌리에 뿌리 내릴까
실크자락처럼 부드러운 햇살 아까워
땅 파기 시작했다
방 같기도 하고
무덤 같기도 한 그 자리에
햇살이 먼저 뛰어들었다
아닌데, 그게 아닌데
임자 따로 있는 그 곳에

쏜살같이 점령하는 이것도
함께 파묻기로 했다
방생하듯, 손가락 사이로 빠져나가는
알쏭달쏭한 씨앗들
알약통에 들어 있는 약처럼
이름도 성도 함께 매장했다
상추 쑥갓 무.....

보리밭 가는 길

말 다 했다
더 할 말이 없다
누가 시키지 않아도
또렷한 한 마디 한 마디
화사한 음색의 말 폭탄
날이면 날마다
무슨 할 말 그리 많겠습니까
훈민정음 자음 모음이 전부입니다
산에는 진달래가 목 비틉니다
피 토하는 그 사연
내 얼굴 붉어집니다
백리 길 쥐락펴락하는 벚꽃도 한때
요리조리 맘 구기는 것도 며칠뿐입니다
산수유인지 개나리인지 자세히 보아야 압니다
옹알이하던 명자꽃 말문 틔웁니다
하필이면 어제 산 립스틱 색입니다
목련꽃 떨어진 누런 이파리에
류관순 누나가 오버랩 됩니다
이 자유분방한 소리들
푸른 잎사귀 재촉하며 돌아선
길 끝, 보리피리 소리 요란합니다

저녁 강

물 먹은 돌처럼 가라앉고 싶을 때
수초처럼 영원히 물속에서만 살고 싶을 때
가끔씩 그런 때가 있다

눕혀놓은 바람처럼 자꾸 일어서지만
때로는 나뭇가지에 걸려 추락하고 싶을 때

오랜 습관처럼 낯설지 않는 저 길
이미 알고 있었던 풍문처럼
저녁 강에 부려놓은 나의 그림자
눈빛 읽고 가는 바람소리
산 하나 잠기고 나무들 물구나무서서
멱 감는 저녁 불빛이 따스하다

물 먹은 돌처럼 가라앉고 싶을 때
수초처럼 영원히 물속에서만 살고 싶을 때
때로는 나뭇가지에 걸려 추락하고 싶을 때
가끔씩 그런 때가 있다

그릇

닳아지기 시작하면서부터
찌들어 산산이 깨어질 것 같다
곤두박질칠 때 경고의 음성처럼
선명하게 그어 놓은 금
이래저래 아무짝에도 쓰일 수 없다
사기 쟁반 같은 마음 펼쳐보니
손금처럼 자잘하게 그어진 금들
깊어진 자국마다 식어진 血
깨어질 줄 몰랐던
그릇이던 것을
실핏줄처럼 일어서던 분명한 경고
물도 사양합니다
밥도 담을 수 없어
이미 그릇이 아닙니다
처음부터 그릇이 아니었습니다

얼굴무늬 수막새

박꽃 같은 얼굴이
와당 속에 피고 있습니다
한 손으로 턱을 괸 듯 손때 묻은 얼굴
알듯 말 듯 이어지던 전설처럼
뒤안길에서 서성이던 천년 세월
시간이 지워내는 흔적 잊어버릴까
은근한 웃음 띤 표정입니다
세월의 몫으로 접혀진 반쪽
들꽃 같은, 아이들 얼굴 같은
미완성의 또 다른 모습입니다
한 生 마름질하는 희미한 꿈길 어디쯤
무명치마 저고리 풀어헤치던
살풋한 미소
반쪽이 더 아름다운 모습입니다

7부

장마

푹 젖어도 더 젖고 싶어
느린 걸음으로 왔다

눈 떠도 보이지 않는 세상 저편
저편에서 튕겨오는 물방울들
유리창 닦듯
내 망막 덮고 있는
보이지 않는 저편을 닦는다

긴 강처럼 물이 흐르면
마음 한켠에선 소용돌이
고장 난 수도꼭지처럼 머리 위로
쏟아지는 물의 질량

축축한 깃털, 그 속을 흐르는 목숨
가두고 싶었던 열망
느린 걸음으로 걸어오는데
기우는 쪽으로 쏠리고 싶은데

내 속에서 일어나는 천둥소리
다시 그 자리로 돌아가지 않을 것 같은
긴 물의 흐름 끝나면
가슴에 안겨있을 꽃 한 송이
기울어진 저편이 환해진다

비

지치기 쉬운 몸 가졌습니다
낱낱의 몸짓입니다
직선 선호하지만
경우에 따라선 곡선 허용합니다
무채색이라 어디나 잘 어울립니다
들어내지 않고 스미는 편이지요
원하던 원하지 않던
막 찾아가지는 않습니다
때 되면 당연히 오는 줄 착각하지 마세요
당신, 선택의 여지는 없습니다
간절히 사모할 때
마지못해 찾아오기도 합니다
마음만큼 시린 손끝입니다
거대한 몸 비틀기란 그리 쉬운 일 아니지요
구르다 밀리다 당도합니다
그리하여 당신 창문에 기대어
먼저 청각을 불러내지요
애터지게 목말랐던 소식

한 사흘 퍼붓고 갈 생각입니다
많이 망설이다 내린 결론입니다
앞서가는 마음
늘 평안을 빕니다

우산

하늘이 실컷 울던 날
우리 등 뒤로 바람 드세고
나뭇잎 오소소 떨고 있었지
그대 기억하는가
나는 독수리 날개 펴듯
움츠렸던 가슴 활짝 펼치며
어린애처럼 기뻐 어쩔 줄 몰랐지
그대 손 꼭 잡은 채
어디 갈까 궁금하기도 했었지
다시 손잡고 그대 어깨 살짝 기대면
쉼 없이 지우는 빗줄기
지붕 지우고 골목 지우고 또 무엇 지울까
흔들리며 일어나는 잡초들
담장 위 기어오르는 저것은
기를 쓰며 붉어지던 능소화였던가
잊고 산 것 아무것도 없지
잠깐씩 잊는다 하여
아주 잊은 것 아니지
그대 나 잊고 살 듯
나 그대 잊고 살 듯

빗방울

나를 매달고 있는 가지는
균형 무너트리기 위해 떨고 있다
벌거벗은 몸
열매처럼 매달리고 싶은데
나를 익게 해다오
햇빛 먹고 자라게 해 다오
살고 싶은 욕망 나무를 향해 눈짓하는데
산다는 것은 끊임없이 견뎌야 하는 것
새 한 마리 이 가지 저 가지
떨어졌다 붙었다 조롱하는데
가지 휘어잡을 힘없지
지탱할 손 없지
지체할 시간 없지
지금은 무너질 때
더 이상 연연하지 말라한다

소나기

좀 짓궂다하여 낭랑한 소리로
한 문장 지운다 하여
언어 불손하지 않길 바라오
내 고함친다 하여
그대 혀 끝 노여운 바람소리로 남았소
담벼락 적시고 가기엔
내 마음 흡족치 못해
그대 생각 밖까지 내려갔던 것
나는 심오하고 판단은 정중하오
그대 짧은 생각 달아난 자리
마른 풀잎들 키 자라고
나뭇가지 닫힌 창 열기에 분주하오
갈증 난 꽃들이 피리 불고
굳은살의 맨 땅 순해졌다오
오듯 말 듯 나 돌아 섰다면
그대 문장은 영원한 미완성이었소

압록강변 사람들

그늘마저 숨어버린 8월의 땡볕
더 벗을 것 없는 맨살들
석탄 같은 그들 生 퍼나르고 있다
페인트 깡통으로 길어올리는 강물
침묵 실어 나르는 배 몇 척
흐느적거릴 뿐
소리 죽어버린 신의주 압록강변
속 알 수 없는 그들 나라처럼
제복 속에 갇혀있는 부동자세의 핼쑥한 얼굴들
강물은 돌아오지 않겠다는 듯
힐끔힐끔 뒤돌아보고
목줄 잡힌 성난 배들
종일 헛발질하는 강변
찌그러진 빈 깡통 소리만 요란하다

▶대전 투데이 詩냇물 2024년 8월 14일 게재

비단길

한 번도 걷지 않았던 순백(純白)의 길 위로
마차가 달릴 때
마부의 자리에 앉아 말의 채찍
힘껏 내리치고 싶다
다시는 돌아오지 않을 듯
노을빛도 훔쳐서 간다
스쳐 지나가는 사막의 모래바람은
심장을 뚫으며 막 행진을 시작할 때,
내 가슴은 두근거렸고
내가 가야하는 비단길의 행방을 아는 듯
길은 목축인 풀잎처럼 싱싱하다
훔쳐온 노을빛 경계 훌쩍 넘어섰을 때
익은 별들이 사막 위로 나뒹굴고 있었다
아직 천마산은 보이지 않고
마부의 자리에 앉아
말의 채찍 힘껏 내리친다
천 년 전 낙타가 지나간 이 길 위로
가시풀꽃들이 흐드러지게 피어 있었다

흥개호를 아시나요

나만 몰랐다 밀산 흥개호
만족어로 "모든 물은 높은데서 낮은 데로 흐른다는 뜻"
소리치며 달려간 입의 말 앗아버린
무거운 침묵 또한 가벼운 고요라는 걸
헐떡이며 뛰어온 물처럼 숨 고르기 한 후
몸짓 바꾸어 제 갈 길 떠난다는
동방의 하와이
누가 남고 누가 흐르는지
텅 빈 듯 꽉 차있는 너무 많은 허무
아직 기울기에는 서러운 해 그림자
적막 속에 풀고 되감는 것 무엇일까
누구도 알 수 없는 물 밑 속사정
잠깐만 머물다 떠나라는 듯
어깨 흔드는 너는 누군가
매미 떼처럼 요란하던 소리 삼켜버린 입
엎드려 있는 모래알갱이들 말 없고
대신 아우성치는 나는 또 누군가
하찮은 소리는 섞지 않겠다는
흥개호라는 이름 앞에

새소리

어떤 몸의 소리이기에
닫힌 창 틈 사이
제 집 드나들 듯 하나
모조리 자고 있는 새벽
어디서 풀어놓은 목청들이
했던 말 또 하고 또 하는 것일까
내 누운 자리
오래전 숲이 지나간 자리였다 한다
오리나무 떼죽나무 너도밤나무
나, 한 그루 떡갈나무 되어
소리의 향방 가늠해 본다
어떤 힘에 실려 오는
그 소리, 변함없는 엇박자
졸음에 겨운 눈꺼풀 천천히 벗긴 채
예전 딸아이 옹알이처럼
귓속에 넣었다 뺀다
도대체 나를 깨워 어쩌겠단 말인지
일어나라는 것인지
더 자라라는 것인지
아직도 해독하지 못한 그 소리

귀뚜라미 울다

아무도 그 입 막지 못하리
벌린 저 입
누를수록 더 매운 소리
증오였다가
하소연이다가
고백이었다가
찌르는 칼끝으로
쏟아지는 피의 절규
어떤 고백이 이처럼 황홀할까
어떤 사랑이 이토록 치열할까
몸 숨긴 사랑
갈 때까지 가는
발 없는 소리

붉은 상사화

바람이 써 내려가는 주홍글씨
핏자국으로 더욱 붉어져
천 개의 꽃으로 출렁인다

낱낱의 실핏줄
아프게 터트리는 어긋난 사랑
감당할 수 없어 긴 목젖 멍울져 간다

맹렬하게 저항하던 붉은 입술
비수처럼 타는 목마름, 핏빛이다

바람아
가슴에 낙관을 찍어라
나는 붉게 멍든 사랑을 가졌다

바람을 읽다

몸 벗는 순간,
한눈팔 시간 없었다
뒤 돌아 볼 겨를 없었다
시위를 떠난 화살
바람을 읽었다
몸 밖의 삶 만만찮았다
위선도 체면도
허물처럼 벗었다
목적지는 그대 심장
쉬지 않고 달렸다
차가운 정신으로 허공 뚫었다

앉고 섰던 자리
따뜻한 흔적들
영원히 젖지 않는 나의 시간들

8부

죽부인

몽땅 빠져나간 가슴
대숲 바람소리 그리운 날
빈 마음으로 당신 품에 안깁니다
이왕지사 사랑이고 싶은데
그물에 걸려던 망둥이처럼
바람만 이리저리 날뜁니다
당신은 밖에서 나는 안에서
단잠에 취하지만
꼭지 떨어진 풋감처럼
떫은 맛입니다
노루 꼬리보다 짧은 날들
가슴은 뜨겁고
시한부 목숨처럼 애닯습니다
어화둥둥, 내 사랑이고 싶은데
대숲 바람소리만 쫓는
당신께 나는,
영원한 빈 가슴뿐입니다

하회탈

헛웃음 껍데기만 걸쳐놨다
좋아서 웃는 건지
싫어도 웃는 건지
그 속에 슬쩍 들어가 볼까

헛웃음이라도 실컷 웃어 볼까
속울음 울어도
입이 찢어져라 웃고 있는
이 미련퉁이 놈을 어쩔꼬

다른 나로 살아 보라 한다
다른 나로 살아가기 딱 좋은 얼굴

가야금

하고 싶은 말 너무 많아
열두 개 입 가졌지
한 개의 공명통
오동나무 심장에는 소리들 숨어있어
열두 줄로 말하지
희미한 기억 깨우며
공명통 열고 나오는 소리들
멈춘 바람이다가
다투는 구름이다가
파닥이는 날개였다가
허공 뚫고 올랐다가
아, 황급히 날아 사막 넘다가
뜨거운 모래바닥 추락하다가
당신 손에 잡혀
나 목청 가늘어졌지
무엇 때문 우는지
무슨 일로 웃는지
아슬아슬한 줄에 잡혀 생각 중이야

여전히 뜨거운 피 당신 마음 훔치고 있지
열두 줄 떨림 위
위태위태 꽃 피우는 현의 말
팽팽한 긴장감 쥐었다 놓았다
기러기 발 가진, 나는

빈 깡통 몸으로 울었다

바람의 악다구니 견디다 못해
빈 깡통 하나 몸으로 운다
길 떠나던 낙엽들 덩달아 운다
텅 빈 아스팔트 위
어둠이라는 큰 새 한 마리
세상 점령한 채 침묵 삼키고 있다
몸속 빛의 일부 남겨두었던 가로등
가물거리다 숨 거둔다
털어도 털어낼 수 없는 어둠
어두침침한 그믐달 알겠다는 듯
마지못해 벗은 나뭇가지에 걸렸다
언제 집 밖으로 나왔는지
누가 속을 털어갔는지
빼앗긴 그 무엇보다
입 맞추었던 달콤한 기억
도저히 잊을 수 없는 듯
슬픔 토해내는 소리
껍데기를 위한 진혼곡일까

바람의 발자국 다가올수록
아무것도 모른 체 함께 우는 밤
떠나버린 귀뚜라미는 어디로 갔을까

생각을 다리다

나를 시중들던
구겨진 인생을 펴주기로 했다
내 몸 나누워 담았던 옷가지
다리를, 엉덩이를, 가슴을 담았던 것들
스스로 몸이 될 수도 뜨거워질 수도 없는
싸늘한 것들을 차례로 눕혀놓고
다리미가 길을 내면
가슴이 뛰고 생각이 살아나고
제대로 된 얼굴 하나만 있으면
체면치레는 할 수 있을 것 같은데
얼굴 없는 몸통이 생각을 나무란다
구겨진 자존심 달래가며
다리미가 부지런히 길을 낸다
더 환해지는 옷가지들
나를 담고 또 누구를 담을 수 있을까

가시

혼이 빠진 소리는 소음이다
소음은 죽은 소리다
죽은 소리는 감동이 없다
감동이 없는 소리는 흡이 아니다
노래는 혼이다
혼은 생명이다
호흡이 끊어질 때까지 노래하라
가시나무새처럼
딱딱한 나무의 등판에 핏물이 배이도록
공명통을 빠져나온 혼들이
노래로 살고 있다
고함치던 그 사람
오늘도, 부리로 쪼아댄다
일생에 단 한 번
가슴을 내어주는 새처럼

나도, 시의 가시에
가슴을 바치고 싶다

▶대전 투데이 詩냇물 2024년 11월 27일 게재

수평선에게 묻는다

팽팽한 저 줄
어디서부터 시작된 목숨일까
어느 팔의 힘이 끌어당겨 묶어 놓았는지
한번 묶이면 영원히 풀 수 없는 것인지
아니면, 보이지 않는 어느 곳에서
어떤 손이 밀고 당기며 줄다리기하는 것인지
그 매듭 아직 본 사람 없고
저 줄 풀렸다는 소리 들어 본 적 없다
지나가는 구름송이 끌어당겼다 놓고
간혹 줄에 걸린 갈매기가 전부다
텅 비어있는 저 줄
때로는 줄이 끊어질 것 같은 통증으로
큰 배들 걸려들기도 한다
저 줄에 갇혀 벗어날 수 없는
무게에 사로잡힌 바다의 끝
저 줄과 갇힌 물은
필연일까 악연일까
저 줄에게 묻는다

눈발

허공에서 자란 꽃잎들
아득한 절벽 아래로 곤두박질친다

흔들리는 마음 훌훌 벗어 던진
낱낱의 몸짓, 먼지처럼
날고 싶은 가벼운 몸
생각은 저 혼자 빠져 나간 것일까
벗은 나무는 어디에도 없다

하늘 끝 만개한 꽃잎들
서서히 무너지는 목숨
잠간 피었다
사방팔방 자리 옮기는 눈발들
눈은 쌓이고 세상은,
하늘의 사닥다리 만들려는 듯
흰 꽃잎 쉴 새 없이 피워 올린다

잔설

길을 잃었다
구석진 곳까지 온 게 잘못이다
도토리 몇 알 숨겨주려
후미진 비탈 찾는 것이 아니었다

나긋나긋 내려앉던 눈발
고인 눈물 될 줄
내가 나를 잊어버릴 때쯤
세상은 바뀌는 중이다

나도, 꽃
떼지어 피다 지는 눈꽃
정해진 시간 어디에도 없고
헤진 옷자락 사이
길 잃은 소리마저 죽었다

참 빠르다는 말 실감난다.

먼저, 충청권 일간지 〈대전 투데이〉 15면 詩의 향기코너 고안나의〈詩냇물〉을 마련해 주셔서 저의 詩편들을 매주 1편씩 연재하게 허락해주신 사장님 이하 관계자 여러분들께 진심으로 감사를 드리며 대전 투데이의 무궁한 발전을 기원드린다. 엮다보니 벌써 3년째다. 2023년 1월부터 24년 25년 현재까지 걸으며 뛰었고 날아온 세월이다. 그저 살아온 날들이 아니기에 감사하다.

2017년 첫 시집 『양파의 눈물』 2024년 두 번째 시집 『따뜻한 흔적』을 출간했다. 詩는 내 삶 속의 은밀한 유혹이었으며 몰래하는 사랑이었다. 길은 보이지 않고 기를 쓰고 날아도 언제나 저 혼자 깊어지는 허공에서 외길은 날마다 서툴렀다. 세상이 깜짝 놀랄 詩 한 편을 꿈꾸며... 세 번째 시집 『기억의 방』 출간한다.

지금부터 더 빨리 달아나는 시간들을 붙잡고 울고 웃으며 한바탕 놀아 볼 작정이다. 함께한 사람들의 향기가 그리운 시간, 그들이 있었기에 내 삶이 더욱 윤택했었다.

그는 날아갔다
한 3년 전부터
쫓긴 듯 제 몸의 깃털 세웠다
몸 중심 허물며
머릿속 깊이 상처 낸 채
분화구 찾기 급급했다
깊은 우울 속 허무를 친구삼아
세상에서 추방당한 목숨처럼
몸을 작게 말았다
날기 위해서
가벼워져야 멀리 날 수 있기 때문이랬다
뚫려도 막혀도 문제인 세상
경각에서 경각으로
숨 가쁘게 달리다 보니 이젠,
스스로 분화구가 되었다
이륙을 위한
눈물겨운 시동 끝에
드디어 날개 폈다
칠십 년 생애 눈물겹도록 환하다

고안나 시 '날개를 위하여' 전문

2025년 2월 2일 소천하신 남편 문동철 목사님께 이 시집을
바칩니다.

고안나

기억의 방

초판 발행 2024년 4월 25일
지은이 고안나
펴낸이 김복환
펴낸곳 도서출판 지식나무
등록번호 제301-2014-078호
주소 서울시 중구 수표로12길 24
전화 02-2264-2305(010-6732-6006)
팩스 02-2267-2833
이메일 booksesang@hanmail.net

ISBN 979-11-87170-92-1
값 10,000원